北窗续

刘海彬 著

刘海彬

上海書店出版社

图书在版编目（CIP）数据

东西南北辑·北窗续/刘海彬 著.—上海：上海书店出版社，2012.12

ISBN 978-7-5458-0661-8

Ⅰ. 东… Ⅱ. ①刘… Ⅲ. ①诗词—作品集—中国—当代 Ⅳ. ①I227

中国版本图书馆CIP数据核字（2012）第211509号

目录

北窗续

北窗续

北窗续

北窗续

北窗续

石州慢

友人问余：何谓朋友？余以此作答。

朋友破题：同师曰朋，同志曰友。缓急生死相依，患难不离不弃。知音解意，可奏流水高山，伯牙子期千古曲。纵命运无常，托孤堪相许。

义气，义薄云天，气贯长虹，千杯共饮。何况轻裘肥马，一时同敝！时艰易度，最难同安祸福，冠盖相倾手相揖。莫负相知缘，应惜惺惺谊！

东瓯（温州古为瓯地，也称东瓯。瓯为古陶器名，原始瓯人善冶陶，故以瓯名之。）曲

赠厉育平并大自然国际游艇俱乐部

山色空蒙，水光潋滟，轻舟荡向无边夜。海上波明，中天月白，瓯江涛溅。飞云流急，鳌江（飞云江、鳌江与瓯江均为温州主要水系。）澎湃，一泻入东海。算几许风流，何如今日，闯环宇，惊世界。

今夜三五，桂树婆娑，盛妆嫦娥娉婷现。彩鸾飞来，银河星灿，烟花明灭。东南邹鲁（山东邹县系孟子故里。温州人文荟萃，英才辈出，号称「东南邹鲁」。），纵横天下，豪气冠吴楚。闻智者乐水，不逐人丛，向波心，钓明月。

二〇〇九年十月三日

西江月

赠陈辛

豪气曾惊楚汉，天生即是直肠。吞云吐雾出潇湘，笑傲风流沪上。

北窗续

独具知人慧眼，腹中自有文章。江湖论剑酒千觞，谁似陈郎豪放！

二〇〇九年十月二十九日

卜算子

致金华

彼此两相知，世世为兄弟。人海茫茫自有缘，患难休相弃。共历江海潮，每见春山碧。虎步龙行任纵横，还向天涯去。

二〇一〇年二月十五日

卜算子

赠郑见明

望如弥勒佛，宛似笑和尚。会稽从来出豪杰，天地为幕帐。五岭快哉风，四海逍遥浪。野鹤闲云自从容，潇洒敌卿相。

北窗续

二〇一〇年五月十二日

七古 赠春彦

纵横沪渎数十年，曾见苍狗力耕田。画苑波涌朝云起，文坛浪助暮潮喧。蓬门不掩迎硕儒，落子纹枰俱时贤。莫向东吴觅健笔，江湖谁不识豪杰！

赠骏伟

穆王有八骏（传说中周穆王驾车的八匹骏马，能日行万里。见《拾遗记·周穆王》：「王驭八龙之骏：一名绝地，足不见土；二名翻羽，行越飞禽；三名奔宵，夜行万里；四名超影，逐日而行；五名逾辉，毛色炳耀；六名超尘，一形十形；七名腾雾，乘云而奔；八名扶翼，身有肉翅。」），威名天下扬。追风若雷电，逐北路漫长。壮岁赴京畿，真个好儿郎。燕赵称侠客，长嘶动八荒！

二〇一〇年七月九日

致直锟

七月九日，解直锟来沪，相聚天鹅轩。

莫谓江湖远，兄弟有几人？慷慨真豪气，儒雅是直锟。白山曾纵马，黑水任驰骋；五湖一帆举，潇洒天下闻！

二〇一〇年七月九日

沁园春

患难之交，手足之义，兄弟情深。胜同胞骨肉，可同生死；披坚执锐，共赴征程。世道维艰，人心难系，肝胆相倚又几人。世风坏，有高情雅谊，堪许终生。

休言血脉人伦，司空见、悲情惨剧纷。待山河破碎，才识风骨；死生之际，方且知人。利害当头，清浊立现，大义犹如定海针。千古赞，有高山流水，永耀星辰。

二〇一〇年八月八日

日出行

赠陈平

日升东南隅，才人出温州。岂独山川秀，文章亦风流。慧中且秀外，令名惊太守。下笔生五彩，叱咤鬼神愁。谱传英雄榜，像存摘星楼。创业路蓝缕，前程尚悠悠。雁荡山中月，楠溪江上舟。一泻三千里，吴越眼底收。大鹏当展翅，豪杰志壮游。五洲何足道，胸襟小寰球！

二〇一〇年八月十五日

虎年送峥嵘弟履新

老弟本属虎，昂然大丈夫。少负不羁志，曾破万卷书。瓯江方出道，义气称乡里。言谈每慷慨，举止惊世俗。奔走公门事，朝夕不懈怠；改投金融界，业绩亦杰出。为人自坦荡，妙语亦联珠。诙谐本天性，头角固峥嵘。直言作诤友，远离宵小徒。若无同侪嫉，必定是凡夫。

夏日赴新任，虎到众皆服。一身入临安，单骑到西湖。南北两高峰，登高观日出。傍晚烟霞洞，弦歌舞大风。山林闻虎啸，富春起蛟龙。与子鹿城别，相送到杭州。展君经纶才，现尔豪放风。无违男儿志，英才自建功。越本英雄地，江山入画图。钱塘观潮涌，

还唱大江东！

二〇一〇年八月十八日

赠杨赤宇先生

杨赤宇，九江奇人，主持石钟山奇石馆。能诗会画，讲经谈史。能将馆中磬石敲出「宫、商、角、徵、羽」五音。兴起时亦为游人唱一曲「鄱阳湖小调」，自舞双槌以磬伴奏，令人啧啧称奇，为之击节。

鄱阳湖上好风光，老翁吟来兴味长。双槌敲出石五韵，妙手绘得锦绣章。博识解得千家姓，多艺能唱弋阳腔。馆中奇石山中隐，笑他渔父江上忙。

二〇一〇年八月二十日

赠钱程

钱程，人民日报驻南非原首席记者。现任职于南非旅游协会。

吾到南非时，钱君任导游。

少有凌云志，决然赴南非。孤帆济弱水，大洋度若飞。天到彼岸尽，舟至此地回。一去好望角，健儿胡不归？友交黑白色，笔传异域情。文风追司马，豪气逼荆卿。秋眺南天月，春梦故乡云。莫谓家山远，自有岁寒心。周邦虽曰旧，革故亦鼎新。乡人来远道，一笑有知音。莽原闻狮吼，沧浪自抚琴。书生仗剑去，天涯任横行！

二〇一〇年九月十一日

水调歌头

农历八月十五，余在安徽芜湖。是晚有雨无月，唯闻鼓吹之声，故填此阕。

天上月圆缺，人间聚散多。年年此际，清辉如水泻银河。今夜云浓雨密，不晓广寒宫里，谁可伴嫦娥？莫谓天难老，寂寞怎消磨！天下事，何须问，为君说。百年盛世，铁板铜琵奏浩歌。昔日矫捷身手，今次长安道上，匹马笑蹉跎。且奋当年勇，强似过河卒。

二〇一〇年九月二十二日

永遇乐

赠程宏

高看平民，低瞧富贵，不欺贫贱。纵马江淮，泛舟河汉，四海皆行遍。浮生四梦，声色犬马，弥漫人间千载。倩谁人、死生参透，冷观风流代谢。

哲人其萎，天高难问，妙道常存草莽。礼仪之邦，佞佛谀道，浮躁断文脉。五洲游罢，悠然风雨，醉卧蜀山淝水。对知音、高山流水，奏归去也。

二〇一〇年十月二日

赠令狐

七古

佛道死生一轮回，百代千年俱劫灰。笑将肉身舍得去，流水高山万古琴！

二〇一〇年十月四日

五古

闻兄辞高位，心旌见云泥。世人固碌碌，爵禄岂疗饥。抬眼望明月，河汉晓星稀。清辉淨如水，风传天籁音。

二〇一〇年十月五日

附：令狐安

中秋望月有感

生死世人一过客，兴亡宇宙几轮回。光年亿万疑无尽，灿烂星云若尘灰。

雨中花慢

重阳节赠陈辛

野菊新黄，丹桂又绽，人间再度重阳。但凭高怀远，睹物思亲，待把茱萸插了，家山万里茫茫。问乡关何处，遥拜祭酒，恁地断肠。

帝辛苗裔，家世辉煌，先人起自八桂。曾跃马、风云叱咤，浴血南疆。抗战出生入死，谁期同室操戈。清明清泪，当年飞雪，怎不思量！

二〇一〇年十月十六日

致严肃

大号名严肃，诙谐天下无。金陵真豪士，钟山一卧龙。轻舟荡玄武，匹马跃层峰。人生多大事，谈笑居吴中。奉公无私欲，待友肝胆逢。经纶每卓绝，指顾事业隆。谁知酒仙量，千杯到局终。江湖称大气，毕竟万夫雄！

二〇一〇年十月三十一日

水龙吟

赠解直锟

午别云雨巫山，到黄浦欣然一会。虎啸长白，龙吟北海，东溟笑聚。飘逸郎君，布衣卿相，知音有几？数长城内外，大江南北，一世间，二三子。

且谓相逢不易，叹时光、如驹飞去。人间富贵，世上功名，终归尘土。秋色十分：三分难取，七分难弃。最多情、梦里卢沟晓月，照人酣睡。

二〇一〇年十一月一日

北窗续

沁园春

珠海月明，蓝田玉暖，客枕南关。正羊城相会，花团锦簇；大江之畔，小腰称蛮。岁月无穷，知音有几，梦里箫寒越秀山。当长夜、思远人何在，星斗阑珊。

当年曾到中山，看南粤风云起波澜。忆黄花举义，群雄北伐，深圳开放，香港珠还。水落潮生，时光荏苒，莫教机缘去指端。天行健，念狂生到此，长啸拍栏。

二〇一〇年十一月二十日

贺熙朝

忆昔长安相见后，关河遥阻，相思红豆。冬来秋去，北国伊人，应无恙否？音容依旧。

梧桐叶落重阳又，看渭水东流，悲长城日

暮。愿春来宜早，同上西楼，引春风度。

二〇一〇年十二月二日

忆秦娥

长安道，谁人夜奏杨柳曲？曲中意：一日不见，如三秋兮。
东溟西望头飞雪，玉门关外知音绝。知音绝，三日不见，此生休矣！

二〇一〇年十二月六日

水调歌头

赠穆矢

京城尚年少，复自津门来。北人何碍？扬帆黄浦亦雄哉！青眼岂阿权贵，抱璞初衷不改，慷慨有余哀。谈吐固幽默，祸福渺尘埃。

气浩然，骨耿介，自豪杰。从容淡定，人道堪比王佐才。儒雅不输名士，胸宽更怀虚谷，笑他秀衣白（水泊梁山原寨主王伦，别号白衣秀士。）万里来东海，匹马渡黄淮。

二〇一〇年十二月十日

赠关武

族本皇家后，赐姓却是关。少年称俊朗，壮岁度关山。祖上英烈武，世系起波澜。民族虽属满，汉家戍边关。京畿早出道，鹏城亦举帆。从容来沪上，驰誉上海滩。除恶锋凌厉，建功又何难。友交天下士，朋奏凯歌还。肝胆称知己，谋略一时冠。代代承豪迈，俯仰亦何惭！

二〇一〇年十二月十五日

赠孟建蓉

佳人号建蓉，江湖小旋风。素面无粉黛，每爱逐人丛。一笑三千妒，作嗔随作喜。豪气匹剑客，谈吐亦温柔。顾盼生春色，红颜争居上。友人呼小妹，街头屡回眸。名列群英谱，勇立潮头上。欲睹西子貌，外滩第一楼！

二〇一〇年十二月十六日

西江月

赠林奇

生就长身玉面，侠骨兼具柔肠。皖人一去越重洋，何惧滔天巨浪！

静默仿佛处子，动则豪气贲张。人生踏遍东西洋，守正出奇为上！

二〇一〇年十二月十八日

风蝶令

赠傅能

一怒能叱目，平时笑语温。腹中自有算机神。业界谁堪夸许、众曰能。

相聚凭肝胆，浩气壮直声。半生坎坷付前尘。且待浦江月上、看潮生。

二〇一〇年十二月十九日

风蝶令

赠黄大森

黄浦云天阔，南通草木森。拿云心事早轻抛。徒掩一箧剑气、入幕僚。　京畿十年事，枕边万里涛。肝胆韬略一时豪。尽随纶巾扇底、逐心潮。

二〇一〇年十二月十九日

西江月　赠高斌

燕赵曾称力士，江湖享誉名高。修文习武且能诗，义气最为称道。自有儒商风范，前程欲卜还遥。身家何必榜富豪，生来潇洒便好。

二〇一〇年十二月二十日

卜算子

岭南正葱茏，塞北早萧瑟。八月胡天雪飘飘，沙吼西风恶。大雁尽

南飞，还向笙歌处。君在燕赵我在吴，相期会于越。

二〇一〇年十二月二十五日

致座师乔秉正先生

余师乔秉正，山东梁山人，曾任总参陆航部大校，特级飞行员。从军四十余年，飞直升机四千余小时，驾龄四十一年，技术精湛，有口皆碑。现任金汇通用航空公司总飞行师。

齐鲁多奇士，梁山出豪杰。飞行四十载，门生逾百员。谆谆承师道，教学每从严。言传加身教，悉心传秘诀。征途飞万里，从军四十年。燕赵来吴越，退休不赋闲。毅然入民企，金汇得高贤。掘金岂足道，蓝天育英才！

二〇一〇年十二月二十七日

西江月

赠张弘力

解颐常出妙语，哲人不在声高。儒风难掩虎气豪，毕竟出身燕赵。大事能筹善策，谋局不让萧曹（萧何、曹参，西汉名相。）。知人善任唤新潮，一笑千山过了。

二〇一〇年十二月二十八日

转调贺圣朝

老来心病，相思成疾，常念旧邦。忆少年、登高望远，匹马系垂杨。浮生梦想，雄关险隘，尽入愁肠（肠者，长也，百尺千丈；肠者，藏也，情藏于此。）。任凭它、百结千转，转

也转到家乡！

二〇一〇年十二月三十日

扬州慢

赠江海平

地曰瓷都，景德名镇。有朋沪上相逢。道驱车来此，正兄弟相呼。送一盏、明灯照夜（海平自景德镇带一盏陶瓷台灯来此，上镌本人拙作一首并仕女图一帧。），美人常伴，案侧床头。谓江澄海净，世间高谊难求。

韶华易逝，一年年、暗送春秋。趁晓月霜天，谯楼钟鼓，且会宾朋。辗转雄关千里，凭主客、对酒高歌。笑江山兴替，几人能算风流！

二〇一一年元月二日

北窗续

扬州慢

赠韩德彩

元月三日，诸友相聚浦东，贺新岁并庆胡金华生日，凭高置酒。席间与德彩兄论往事沉浮。酒后填此阕以赠。

楚尾吴头，春申江畔，故人贺岁相逢。恰友人生日，俱一醉方休。忆当年、共和新立，从戎投笔，鸭绿江头。热血融冰雪，亮剑楚戈吴钩。

江山万里，百年来、屡割神州。纵七尺男儿，报国有梦，尺土难收。嗟尔豪情千丈，心徒恨、国破乡愁。愿风流再起，不教后辈蒙羞！

二〇一一年元月三日

采桑子

赠吉晓辉

金融本自奇才后，儒雅天然，两代风流。更历东溟几度秋。登高远眺云天外，香港潮生（浦东发展银行香港分行已于年前成立。）浪涌寰球（浦东发展银行与法国安盛投资管理公司合资成立浦银安盛基金公司；与美国硅谷银行合资成立服务科技型中小企业合资银行。）笑看旌旗遍神州（全国现有分行三十五家。）

二〇一一年元月五日

满江红

赠孙强

汉塞秦关，经行处、朔风如铁。念平生，且都付予、峥嵘岁月。曾向长白山下宿，又趋陇上观飞雪。到京华，壮岁几回眸，家山别。

居虎帐，抒筹策，安边事，情殷切。愿青春换得，虎腾龙跃。壮士只合沙场老，青山误我白头约。伴征程、唯有枕边书，匣中剑。

二〇一一年元月六日

西江月

赠闻达洲

前辈波澜壮阔，吾侪多彩生活。前尘往事俱匆匆，流水高山谁共。富贵烟云过眼，相逢休笑穷通。莫云万事转头空，闻兄更上层楼。

二〇一一年元月九日

满庭芳

赠李正茂

庚寅腊月初七，余到京，正茂宴余及友人于和芳苑平波秋月，京城老宅，文化渊薮。席间填此阙以赠。

上海初逢，京城再聚，李郎不愧豪杰。琴棋书画，儒雅亦风流。闻道川中俊彦，凭剑胆、笑傲江湖。奏一曲，高山流水，谁不识英雄！

酒酣肝胆具，胸间波澜，笔下吴钩。道堪载、千年魏骨唐风。醉看晓星河汉，正燕赵一笑相逢。弦歌里，旧家庭院，新月恰如钩。

二〇一一年元月十日

西江月

赠胡德平

元月十一日，与德平兄相聚于北京南池子，主客甚欢。

乃父光风霁月，仁兄立地儿郎。神州常颂令名扬，喜看江流浩荡。
豪杰多出荆楚，家门源自潇湘。江山代有才人出，一曲胡笳又唱。

二〇一一年元月十一日

满庭芳

致会祥

腊月初九，会祥宴友人于京，席间并阐佛教释学禅理，烛微抉

隐，披析甚彻。是晚与见明等乘金鹿返沪，临行惜别，填此阕以赠。

尔雅温文，才惊燕赵，诵得千万禅语。佛传汉藏，各吐莲花口。闻道双修男女，莫过是、天地交媾。高潮处，难言其妙，活佛信其有。

僧人虽曰众，嗟几许、幸获佛祖真谛？待法宏高士，来度黔首。不语方能顿悟，玄机在、达摩初祖。惜相别、相迎兔岁，东跨鹿飞走。

二〇一一年元月十二日

满庭芳

虎年腊月九日，李舸置酒于北京南城玄武单位食堂，列京味小吃甚丰，席间有京胡高手、名伶名旦助兴。首奏「小开门」，席

终奏「夜深沉」；唱「贵妃醉酒」、「苏武牧羊」诸折。余今年五十九岁，弘力言当作六十寿。戏填此阕。

苏武牧羊，贵妃醉酒，俱为京剧票友。燕赵欢聚，弹曲尽高手。诸友相逢玄武，小开门，二胡献首。深沉夜，南城相送，更进一杯酒。

京声须京味，歌一曲、别虎迎兔当寿。问此生何憾，气也三鼓。更别长安久矣，渔樵意、五湖舟泛。南山去，东坡高卧，闲看风云走。

二〇一一年元月十二日

踏莎行

赠赵启光

启光兄由美返沪，曾群弟宴请，并徐风、俞鹰诸君共聚于同济日本料理店，饮清酒，观飞雪。酒不醉人，飞雪似樱，酒后填此阕。

又遇光兄，雪飘沪上，樱花片片飞琼玉。江南塞北自行行，春申江畔欣然聚。傲骨生来，冲天豪气，两洋浩渺槎来去。京城此去说离骚，吴山楚水还难弃。

二〇一一年元月十八日

附：赵启光 无题

致海彬

沪上逢君雪纷纷，酒清情浓欲断魂。闻道黄山许纵马，从今敢做唐宋人。

二〇一一年元月十八日

西江月

赠叶淼

曾在紫云深处，出入常是禁中。卧龙冈上引凤雏，相伴果真龙种。

少小投身军旅，老来商海凌波。海峡两岸曲暗通，高士一局棋共。

二〇一一年元月二十日

凤箫吟

致赵启光

顷接启光兄短信，云：「何时与君飞身跃马挽雕弓，谁人共我吹笛裂石到天明。」故填此阕答之。

倩谁人吹笛午夜，清音直遏行云。伴江涛拍岸，美人共舞，月下笳鸣。廿年还乡梦，似庄生、重到堪惊。看酒绿灯红，繁荣早甚西京。与君，不须华宴，堪夜语、直到天明。共一樽旧酒，偕二三故友，细

说仃伶。壮士曾击筑，向易水、一诉豪情。更一曲、高山流水，还献知音。

二〇一一年元月二十一日

沁园春

赠楼戈飞

貌隐锋芒，腹藏韬略，坐镇三江。正点兵台上，羽书飞驰；豪杰帐下，将勇兵强。世事千端，先机早露，善断多谋厄转祥。寡言笑，知真威不怒，自信非狂。

生肖十二轮回，属玉鼠、当先论排行。道宁波俊彦，风流江左，纶巾羽扇，越郡楼郎。士到无求，品标高洁，笑彼红尘恁地忙。逢兔岁，让祝福先到，酒尽千觞！

二〇一一年元月二十一日

西江月

致友人

胸蕴凌云壮志，腹中亦具柔肠。敢期龙腾凤亦翔，勇破长风巨浪。久历申江戈壁，笑逢华夏重光。崛起还铸剑为犁，逐鹿九天之上！

二〇一一年元月二十四日

西江月

赠胡怀邦

胸襟常存浩气，情怀每系安邦。中州豪迈蕴直肠，敢唤赵公入账。京畿曾吟易水，长安常啸西凉。江东一去主交行，掀起罡风浩荡！

二〇一一年元月二十四日

西江月

赠慎海雄

曾系越人肝胆，三吴自是家乡。新华纵论世短长，一曲江流浩荡。
大事常呈枢密，民生运兆吉祥。肩荷道义闯雄关，海上乘风破浪！

二〇一一年元月二十四日

西江月

赠王玉琦

杏林人称高士，中山久赖筹谋。悬壶济世足风流，不愧良师益友。
生就急公好义，本色嫉恶如仇。多情难免寸肠柔，临难不曾袖手。

二〇一一年元月二十四日

西江月

赠杨桂生

自是翩翩君子，虎居原本潜山。多出玉树并芝兰，除却安庆非皖。
俊彦曾师京畿，豪杰常越雄关。敢将杨柳曲新翻，更引千江波澜！

二〇一一年元月二十五日

满庭芳

赠陈祥

世上闲人，山中高士，出生吴郡名门。江湖一瞬，烟雨二三村。曾在衙门奔走，笑儒冠、毕竟误身。翩然鹤、流连云水，止越郡吴城。
京都逢旧主，稗官野史，巨细与闻。最难忘、春风秋月佳人。胜水名山浪迹，楼台上、又近黄昏。尊前酒、举杯尽饮，醉里看红尘。

二〇一一年二月二十日

北窗续

卜算子

本系栋梁材，辗转出幽谷。年少离家老大回，禅意承佛祖。昔渡万千人，曾历千般苦。除却人间障业频，胜拜十方佛。

二〇一一年二月二十日

西江月

曾睹三分春色，未抛一片春心。春风十里到金陵，又见湖光千顷。相见非唯一梦，众前似拒还迎。蓬山此去万千重，苦教寻寻觅觅。

二〇一一年二月二十三日

送马路弟进京

吾友名马路，豪气冠楚吴。豫中真才子，曾读万卷书。千金不足惜，侠义称江湖。白眼藐卿相，情重士大夫。慧根识善恶，胆壮探骊珠。抚琴羡红颜，拔剑叱万夫。醉吐英雄气，醒嘲末世风。忠信明大义，傲骨不世出。沪上常相聚，春夏复秋冬。不因穷通变，每将兄弟呼。送君别黄浦，放歌香炉峰。今向京畿去，聊共酒一壶。

二〇一一年三月二日

沁园春

题徽州文化园并赠高峰

辛卯年二月一日，余偕弘力兄、峥嵘弟等游黄山徽州文化园，园主高峰伴游并细述建园始末。适遇雨，江南风情，旖旎万种，

尽在此间。

淮上英豪，黄山拓业，此地建园。有梅开三径，盈盈一水，回廊曲道，舞榭歌台。云起东山，雾弥西岭，水碧山青好聚贤。徘徊处、欲觅屋终老，醉卧林泉。

层峰突兀凌云，任啸傲、书生亦俊杰。仰峭崖松曲，溪边花灿，石参天地，鸟啼窗前。春雨潇潇，群山莽莽，一笑渊明归去来。相逢夜、纵今宵无月，酒醉和谐。

二〇一一年三月五日

卜算子

赠令狐安

久宦在天涯，历尽风和雨。百姓如今忆犹新，还有传闻续。

君子仰高风，群小生猜忌。何日江湖逢使君，一笑随公去。

二〇一一年三月十六日

永遇乐

百岁人生，不如意处，十有八九。入世非难，从容一笑，任尔风云走。春悲霪雨，夏愁烈日，秋叹金风萧瑟。雪茫茫、冰封大地，谁燃小屋灯火？

豪情万丈，而今安在，尝遍人间甘苦。阅尽人心，方知冷暖，幸有知心友。齐眉举案，古今难觅，且忘旧伤新怨。人无寐、中天明月，皎然似雪。

二〇一一年三月二十七日

北窗续

五三

沁园春

君到江东，我去燕北，又叹缘悭。正樱催草长，燕飞莺啼；桃红柳翠，水碧天蓝。兄固孑然，弟亦夺气，憾未陪兄游外滩。空惆怅、徒凭高怀远，望月阑杆。

京都犹自多寒，步蹬道、香山雪未干。盼春光再泄，征鸿北返；鹊登梅上，鸢舞雄关。米贵长安，泉廉故土，一笑封金可挂冠。君何妨，效渊明潇洒，徜徉南山。

二〇一一年三月二十八日

五四

沁园春 酒席赋

城外迎车，城中设宴，洗尘接风。但凭官列座，珍肴佐酒；佳人伴舞，贵客高歌。奉酒红颜，倾杯相劝，袅娜身姿胜嫦娥。休轻慢，悟

其中奥妙，便自多福。豪车来去如梭，凭谁问、夜来底事忙？笑迎来送往，已然公务；醉生梦死，竟是生活。我忖渊明，当年归去，定苦三陪奈若何？东篱下，向南山高卧，月满西河。

二〇一一年四月九日

水调歌头

少小别故土

少小别故土，奔走去他乡。人生百岁，孤旅曾赴万千邦。笑看江湖浪涌，目送千帆过尽，云水路茫茫。且挂黄金印，聊发少年狂。

情似火，心如铁，鬓如霜。南山松翠，三径秋晚赏菊黄。父老乡亲迎我，草舍池塘依旧，风送稻花香。村小闻鸡犬，溪绕柳丝长。

二〇一一年四月十五日

五一吟

五一将临，友人问余何之，余笑答：雅俗两途，唯君择之。

湖畔草绿，山里花妍；与其耳闻，不如一见。偕心上人，嬉碧水间；住大宾馆，吃小饭店。观海边日，伴鸥鹭舞；赏山间景，憩农家院。泛江上舟，尝淡水鲜；赴奇绝地，探桃花源。聚二三友，煮青梅酒；吐心中事，诉平生愿。到酒绿处，品忘情水；至灯红时，睹春风面。休七天假，偷数日闲；快南北风，眺东西月。

友人闻之大呼爽，道是囊中乏银钱。我言出游无须费，一钵一帽一褡裢。两脚可量千里路，一钵足抵百家宴。桥涵聊可避风雨，公园长椅卧不厌。夜寻大厦有屋檐，褡裢铺开小世界。十字街头大舞台，日共丐帮同操练。闹市人丛君勿语，唯将一帽底朝天。若有袈裟备一

北窗续

领，不妨躬身寺庙前。一介光头君似我，布施定然受待见。心中只要尊佛祖，僧俗也可跨两界。桃李不因贫困少，春光岂独豪门妍。深宅华屋亦囚牢，名缰利锁何足羡。他为富贵亦折腰，我打拱时只言谢。彼此舍得老脸皮，俱是世上活神仙！

二〇一一年四月二十四日

水调歌头

赠赵启光

四月谷雨，启光由美返沪；五月五日，在同济大学纵论国学传承、创新及跨文化交流。启光兄邀余旁听，余欣然应之。光兄戏曰：「有我兄助阵，当醉合金甲舞，擂鼓动山川！」余壮其豪气，续此。

醉披金甲舞，擂鼓动山川。秋风渭水，还忆菊叶满长安。百二秦关何在？谓有八千子弟，九战破秦还。界剖鸿沟后，楚汉又相残。刘项事，风云在，史犹传。民心向背，豪杰一剑定江山。信有雕龙高手，评点千秋王霸，谈笑破雄关。又借长风便，谷雨到江南。

二〇一一年五月五日

附：赵启光

被褐怀玉一剑寒，无端何事下江南。庙堂敢献安国策，东土西洋任往还！

二〇一一年五月五日

沁园春

赠王海平

海平，兄弟也。与予一见如故，对犬马一往情深。且事业有成，本职卓著。娱乐不误工作，工作成就爱好，真潇洒人生也！

江东豪杰，世家子弟，英俊少年。好骏骐名犬，堪称专业；从容职场，不脱诙谐。马上英豪，人中翘楚，克难攻坚只向前。逢佳日，亦烹茶煮酒，欢宴诸贤。

性情还系田园，乐山水、卜居东海边。看大洋帆影，星星点点；江湖好汉，捋袖揎拳。路见不平，一声怒吼，皂白青红一顿鞭。真率性、似自家兄弟，慰尔心弦。

二〇一一年六月八日

永遇乐

致友人

清曰新疆，汉唐故土，昔日西域。东别长安，黄沙瀚海，一路还西去。茫茫大漠，边城画角，此地久燃烽火。玉门外、春风杨柳，常舞楚人英气。

三千子弟，十万貔虎，曾抵天山南北。临远凭高，阳关古道，屡见狼烟继。东风浩荡，昆仑莽莽，猎猎还飘赤帜。瑶台月，如今犹照，雪山戈壁。

二〇一一年六月十四日

沁园春

赠冯春勤

燕赵英才，京畿壮士，业界豪强。向急公好义，千金一诺；解纷排难，古道热肠。幽默诙谐，侠肝义胆，俊逸高标追汉唐。折樽俎，自

语惊四座，倾倒八方。江湖风雅名扬，方一唱，铿锵亮北腔。喜廉颇未老，豪情万丈；胸中韬略，笔下文章。醉眼风云，腔中热血，还似长安年少郎。身犹壮，待西山岁月，鹤舞鹰翔。

二〇一一年六月二十九日

念奴娇

赠陈胜杰

出生燕赵，赴长安道上、正方年少。闯荡人生知百味，曾历几多风暴。壮士柔肠，拼搏铁血，岂论福与祸。欲寻知己，远山深处云渺。世上歧路迢迢，追名逐利，究竟何时了？醒后不知蝶是梦，醉卧西山芳草。休叹蹉跎，夕阳还在，易水秋风下。明朝何处，长风还送归棹。

二〇一一年六月三十日

西江月

赠王常松

曾在燕园负笈，昆明小试锋芒。凌霜傲雪自寻常，享誉不唯乡党。廿载飘泊京畿，故乡唤作他乡。今来松原主一方，还舞长风浩荡！

二〇一一年七月十九日

沁园春

赠鲍焕祥

淮上英才，江东俊杰，大名焕祥。本性格奔放，豪情万斛；快人快语，血气方刚。谋划宏猷，指挥若定，南北东西处处忙。人间事，纵泰山压顶，犹挺脊梁。江湖岂惮风狂，建都会、犹似建故乡。

眺八公山上，连云草木；蜀山淝水，水碧山长。黄浦寻机，世博送电，京畿凭君论短长。江左地，但酒逢知己，一举千觞！

二〇一一年七月二十三日

沁园春

赠刘建申

久居关中，长安豪俊，名号建申。道千金一掷，轻财重义；秦人剑气，敢匹昆仑。八百秦川，汉唐都会，天下纷纷赴此程。阳关道，有英雄聚首，笑指乾坤。

健儿心系驰骋，看骄子、常驱风火轮。在西方受教，旋归东土；拼搏沪上，方洗征尘。父子相传，罡风侠骨，好汉堆中亦较真。实堪慰，续中华英气，不负平生！

二〇一一年七月二十四日

沁园春

赠刘旭

刘旭，年二十余，美少年，友人建申之子，余忘年交。少时留学美国十载，甫二十即返国创业，建网络公司，任总裁，成果斐然。业余投身赛车运动，大放光芒，业界瞩目。近日在法拉利亚太区挑战赛中，与专业车手同场竞技，竟将珠海、上海两站四项冠军悉数扫入囊中，真奇迹也！余在嘉定赛车场亲睹此幕，兴奋不已，喜填此阕。

咆哮惊天，引擎震地，铁骑争先。似脱弦之箭，风驰电掣；红驹（法拉利赛车为红色，图示为一飞奔骏马。）过隙，一瞬交睫。赛道周旋，人人奋勇，始信英雄出少年。频折桂，自横行亚太，连战皆捷。

常记父老叮咛，曾负笈、留学美利坚。度寒窗十载，有为年少；归国创业，回报家园。地跨西东，

北窗续

人飞南北，一路高歌奏凯旋。须放眼，看晨曦初现，旭日当前！

二〇一一年七月二十四日

沁园春

赠王兵

治法诸葛，术参王霸，虎帐谈兵。道轻摇羽扇，常出奇计；运筹帷幄，每占先机。褒贬由人，行藏在己，万事皆具淡定心。闲情逸，去山中高卧，吐雾吞云。

草堂最具风情，一壶酒、还酌放鹤亭。慕山中高士，抚琴松下；峨眉诸佛，指点迷津。动静由时，张弛有度，聚友烹茶快活林。论潇洒，数此君为最，特立独行。

二〇一一年七月二十六日

北窗续

沁园春 赠俞鹰小同乡

八月中，余从藏地归来，顷接俞鹰短信，云：「大哥，鹰从甘南、青海、西藏、成都飞了一圈，走走灵魂曾走过的地方，昨晚回沪。我是朝佛、苦修、体验。鹰的灵魂来自藏地，我在青海麦秀国家森林公园里的尕让雄寺旁住了四天，没电，没手机信号，只有十个喇嘛。早上听经、喝奶茶、吃糌粑、羊肉、面汤、前云杉、后青松，在遍地野花的草地上、河边游走，养心、静心」。

世外高人，人间靓女，潇洒天真。看鹰飞青藏，鱼翔弱水；尕让雄寺，几度黄昏。寂寞山花，青灯古佛，明镜非台无点尘。菩提下，悟坛经妙理，还证前身。

白云黄鹤情深，赴塞上、朝佛不拜僧。昔负笈欧陆，精研哲理；旋归东土，执教今生。淡泊荣华，浮名参透，川藏青甘鸿迹存。云中雁，自翩然一翮，俯视红尘。

二〇一一年八月二十日

西江月 赠邢舫

同济年方豆蔻，芳龄又去他乡。飘蓬来去水天长，画舫何时入港？
凤舞八方四面，帆张四海五洋。兰心蕙质吐馨香，梦绕神州理想。

二〇一一年八月二十三日

南歌子 赠沈思

京畿曾高就，江南才子多。风流倜傥出江浙，人道腹中谋略、似江河。
潇洒人偏妒，铿锵自浩歌。人生在世久蹉跎。闲去富春江上、一渔蓑。

二〇一一年八月二十四日

西江月

一

初见春光潋滟，重逢已是清秋。席间诵吾壮词雄，灯火蓦然回首。
好梦三更难忆，才人司马江州。井冈山上暮云愁，道是知音罕有。

二

灿烂宛如盛夏，妩媚更甚三秋。芳香一束傲枝头，绽放赣江洲口。
曾梦凌波微步，翩然还似惊鸿。昨宵朗月伴清风，一曲琵琶谁共？

二〇一一年八月二十四日

北窗续

致祝子平

东溟有兄弟，大名号子平。才高自八斗，豪气亦干云。东渡去扶桑，盈盈隔一水；列岛皆游遍，纤介识东邻。富士雪皑皑，浅草树青青；乐为民间使，常作两地行。名家译村上，堪称信达雅；妙笔传文化，练字似珠玑。知日不哈日，自有英雄气；扬我华夏魂，当者皆披靡。论剑江湖上，霜寒扶桑月；道载百家言，一夫敌千军。沪上祝夫子，彼邦虬髯客；五湖傲风月，四海有知音！

二〇一一年八月三十一日

沁园春

赠赵启光

少小离乡，今回故土，吟归去来。道东西迢递，大洋飞渡；心存一念，家国情怀。晚岁蓄须，英年剃发，一笑风云奋九垓。东溟聚、看长江帆影，碧水连天。

云中鸿鹄翩翩，似玉郎、西天自凯旋。道传经老子，深沉睿智；海人孔孟，遗教千年。醉卧东山，醒歌黄浦，碧野西郊结宿缘。明月夜，赏中天月小，鹤舞松前。

二〇一一年九月一日

沁园春

赠章烈成

温州平阳有南麂岛，友人章烈成任岛主，亦高雅士也。数次相邀，今逢会来此一聚。时中秋方过，明月犹圆；风狂八级，狂潮卷地；诸友共聚，把酒临风，诚快事也！遂题此阕。

一水汪洋，无边星月，海外浮瓯。似繁星一点，陨于天际；箭起鹘

落，兀立潮头。卷地狂澜，晨昏潮汐，拍岸惊涛永不休。雷霆怒，任如山海啸，浪盖沙洲。　吾人到此勾留，一壶酒、共醉草舍中。看星辰日月，升沉朝暮；大王旗帜，变幻城头。西土东洋，天崩地坼，凶讯频来落叶秋。观天道，待登高临远，且送凝眸！

二〇一一年九月十五日

西江月 赠袁亚非

高士常存高谊，相逢唯叙友情。宏图大志起金陵，自是山呼海应。
慷慨豪侠仗义，人间几许知音。园中芳草碧如云，蝴蝶翩然来去。

二〇一一年九月二十日

沁园春 赠朱之文

水阔山雄，风流人物，常出此间。道生于八闽，纵横天下；披肝沥胆，浩气英年。苟利国家，敢抛生死，堪笑趋福避祸愆（林则徐「闽人。有诗云：「苟利国家生死以，岂因祸福避趋之。」）。云中鹭，自高翔远翥，云水八千。　今来沪上名园，且复旦、一飞凌九天。化春风如沐，还催桃李；秋光灿烂，玉圃芝田。立异标新，鞠躬尽瘁，不信东风唤不回。临吴越，正关山万里，待汝扬鞭！

二〇一一年九月二十三日

洞仙歌 赠丁晓枚

晓枚，前辈虎子，吾侪仁兄，沪上豪杰，人中好汉，性格率真，不

北窗续

随流俗。余甚敬重之。

情同兄弟，几世前缘到。君我初逢自交好。点迷津、羡甚冠盖旗旌，篱笆院，碧水青山春晓。　笑看江湖上，雨夕霜晨，富贵功名讵人老。更知音相聚，明月清风，一壶酒、人前醉倒。抒筹策、自有万夫雄，语三更、家国梦魂还绕。

二〇一一年九月二十五日

摊破南乡子　赠蔡兴南

兄弟久相知，在东吴、岁月情深。世态炎凉皆看透，走南闯北，图强发愤，漫漫征程。　不做澳洲人，自难舍、烟雨江村。江南塞北宏图展，轻财重义，依然本色，返璞归真。

二〇一一年九月二十六日

永遇乐

赠黄跃金

白水黑山，青春来沪，少年英俊。东海之滨，同舟共济，壮志常砥砺。经营虹口，政声卓著，岂止殚精竭虑。又十年、随它转任，从来不负清眷。

壮志豪情，千山万水，又见京城烟雨。冠盖长安，辚辚车马，前路长相聚。功名尘土，浮云富贵，听惯旧歌新曲。从容看、南去飞雁，东来紫气！

二〇一一年十月五日

沁园春

赠黄庭钧

世溯桐城，文崇司马，剑胆琴心。道江淮河汉，千山行遍；激清扬浊，壮志豪情。一介书生，铁肩道义，热血青春铲不平。人间事、任泰山压顶，不负生民。

曾经笔下千钧，树欲静、风波自不停。叹才屈贾谊，冯唐易老；羞逐富贵，且忘输赢。见惯风云，帆歇黄浦，醉卧松江泗水滨。偕知己，奏高山流水，岂乏知音！

二〇一一年十月九日

永遇乐

赠曾群世博主馆设计者。

藉本临川，业中翘楚，誉满天下。同济修功，传神建筑，品逸出华夏。青年才俊，学兼文理，折桂随心轻取青年建筑师唯一金奖。何须问、家学渊薮，江左尽传风雅。奇葩异卉，世博主馆，巍然已垂青史。京畿楼台，国宾馆内，更有芳菲苑（钓鱼台芳菲苑主设计师，六方会谈主会场。）弄潮商海，授业沪上，曲奏高山流水。谈笑间、临风把酒，宏图又画。

二〇一一年十月十二日

沁园春

赠刘新华

父子从戎，金陵曾居，北地豪侠。自纵横天下，萍踪四海；五湖云水，浪迹天涯。腹里豪情，胸中剑气，军旅生涯处处家。方年少、曾枕戈待旦，碧血黄沙。

英年还客长安，波浪阔、惊涛伴岁华。睹天翻地覆，升沉朝暮；波谲云诡，狐鼠当衙。见惯风云，投身商道，且效陶朱笑泛槎。江湖上、唱大江东去，铁板铜琶。

父子从戎、金陵曾居、
北地豪侠，自纵横天
下，萍踪四海、五湖云
水，浪迹天涯。
刘海彬先生沁园春词赠新华句

二〇一一年十月十五日

赠令狐兄

回首平生大丈夫，醉吐烟霞气吞虹。世事浮云辽东鹤，功名富贵水上珠。彩云之南深情系，长安道中兴味索。且向西山观红叶，万壑千岩色尽朱。

二〇一一年十月十九日

附：令狐安

六十五岁回首

回首浮生大丈夫，献身但耻做权奴。是非难免随风摆，邪正不甘跟屁呼。六欲七情人皆有，三差两错我岂无。老来唯恐糊涂犯，漫道天凉秋好乎。

二〇一一年十月

沁园春

赠李万军

立马中原，暗呜叱咤，天地之中。本洛阳好汉，胸怀天下；马中赤兔，业内蛟龙。踔厉风发，急流勇进，敢向楼台唱大风。云天阔，送黄淮东去，再跃高峰。

人曰扶杖观成，树桃李、欣然植万松。忆当年岁月，求贤若渴；芝兰玉树，还沐春风。古道热肠，豪侠仗义，毕竟人间万夫雄。方抖擞，待目穷千里，更上层楼！

二〇一一年十月二十日

沁园春

赠周克老前辈

夜暗如磐，生民如病，国难如山。自投身革命，七十八载；燃薪敌后，浴血江干。纵火敌营，军前策反，亲伴千军到江南。当年事、鼓滔天巨浪，卷地狂澜。

平生耿介直言，何曾料、蒙冤廿一年。但披肝沥胆，痴心不改；拨乱反正，再度出山。慧眼识人，百年树木，笑历江湖浪几番。仁者寿、看南山树秀，河汉星繁。

二〇一一年十月二十二日

永遇乐

赠吴国元

壮士别家，仁人有志，翻江倒海。十载金陵，一朝崛起，自有情豪迈。秦淮百里，钟山千叠，滔卷大江东去。莫凭栏、重来此地，高歌一曲慷慨！

山头醉酒，湖边垂钓，赢得红尘知己。波上擒龙，山中伏虎，万里雄风在。江阴出道，今番雄起，指划江南江北。天涯客、金陵帆远，水天一叶！

二〇一一年十月二十六日

沁园春

赠祝义才

雨润江南，根植沃土，万里江山。带万千农户，共同致富；奋发踔厉，屡渡雄关。业系民生，品关道德，立异求新克万难。大江畔、看山花烂漫，水激波澜。

豪情少出家园，历风雨、真诚薪火传。道投身食品，一丝不苟；品牌拓展，秋雨春蚕。四海五洲，内营外向，业内何妨立标杆。人不懈、聚东来紫气，火炬方燃。

二〇一一年十月二十六日

沁园春

慨然抚膺，叹然击节，旷然神飞。道人间知己，无非三二；家山万里，别梦依依。鼓角频吹，征途漫漫，莫问相知吾与谁。大江畔，看吴头楚尾，猎猎旗旌。

当年曾到湘西，一壶酒、相迎湘水滨。品南国风味，乡村醉卧；三湘四水，挚友相迎。岁月频惊，书生老去，还向秋光数雁行。峰巅上，舞千山万壑，浩荡松吟。

二〇一一年十一月六日

沁园春

赠鲍士勋

兄弟一生，相知一世，南国知音。自岭南豪杰，德才兼备；有情有义，不负卿卿。相貌堂堂，胸怀磊落，烽火当年几欲惊。心豪迈，待纵横千里，气冠千军。

曾闻父老叮咛，平生愿、一心且为民。正珠江一聚，笑吞云水；诸君席上，醉吐虹霓。岭上吟风，江边弄月，休虑秋来霜雪凝。春去也，诉今生一梦，壮志凌云。

二〇一一年十一月七日

永遇乐

天妒英才，其年不永，岂堪回首！半百将临，一言未吐，邃尔即分手。黄昏惨淡，夕阳似血，江口孤悬落日。骤离别、妻骄子幼，今后倩谁奔走？　柔情如昔，音容宛在，犹忆冲天豪气。慷慨对人，百般克己，一笑逢诗友。风流名士，福根早种，且续书香门第。到清明，后人无愧，酹先尊酒。

二〇一一年十一月九日

沁园春

吾友小虎，四十三年前与吾同别合肥，到大别山插队；彼住山上，吾住溪边。夜半接彼手机传来水彩画一帧：层峦叠嶂，瓦屋数椽，伴一村口老树，枝叶蓊郁。据此填词一首。

少年情怀，老来心境，村口浓荫。看远山如浪，群峰叠翠；山间陇亩，农父耕耘。山里茅屋，溪边农舍，每日晨鸡自在鸣。务稼穑，任

秋冬春夏，风雨阴晴。　当年背井离乡，似一叶、沧海自飘零。叹家庭残破，倩谁可诉，大别山里，举目无亲。抖擞精神，奋发踔厉，常向天边眺暮云。想山外，有大千世界，待我前行！

二〇一一年十一月十日

永遇乐

赠孙安华兄

一介书生，两省按察，江南归隐。少别江淮，青春还付，燕塞关山北。秦川八百，往来泾渭，常睹陇头月落。公门事、朝勤夕惕，唯有一腔热血。　凛然正气，观人法眼，志保一方安泰。晚岁东还，一桌一砚，悬笔犹临帖。高朋满座，相知天下，醉卧大江之畔。闲时去，溪边垂钓，东山步远。

北窗续

二〇一一年十一月十日

沁园春

赠会祥

一叶飘蓬，八方云水，千载江湖。望烟波江上，如鲫过客；山中僧院，几度桃红。落日楼头，凭谁长啸，一曲箫寒塞雁孤。芭蕉侧、又绵绵细雨，飘洒西楼。

平生曾阅风流，长安道、英雄聚禁中。汇东西文化，筹谋南北；从容博弈，天下五洲。我去南山，君居廊庙，举手相揖一笑逢。江湖上，看云蒸霞蔚，碧血千秋。

二〇一一年十一月十一日

答大森

一

兄弟真豪士，数语话平生。酒笑千盅浅，诗证友情深。曲奏箜篌裂，解意是高人。东南西北句，壮我不羁魂！

二

雨后千山碧，风侵万壑寒。曾荡百川桨，壮心一寸丹。十载游京畿，去岁返东南。难吐英雄气，长啸独凭栏！

二〇一一年十一月十六日

附：大森诗 赠海彬

大森于辛卯初冬夜饮醉归，有感于海彬男子汉气概而作。案头无纸，取小孙女诗淇涂鸦之纸一挥而就。虽不能诗，真性使然。

东饮沧海一瓢尽，南宿莽林万树倾。西登绝顶千山小，北履冰雪百川惊！

沁园春 赠文硕

浩气英年，江湖兄弟，天下奇人。自湘江出道，少临京畿；卧薪尝胆，百业皆习。引领潮流，钩沉抉隐，笔力沉雄自万钧。笑跨业，似闲庭信步，领异标新。

江山几度登临，观云水、飘然四海行。论文化经纬，何方是岸？多维媒体，世纪交集。吐纳东西，扎根沃土，赢得江湖一世名。抬望眼，看当今业内，舍我其谁！

二〇一一年十一月二十日

情久长

久未相逢，相思已入昨宵梦。莫笑我、血凝朝暮，牵手无语。罡风雕碧树，岁月逝、常憾青春未晤。老来幸、惊鸿一瞥，寸断柔肠，春去也，方识汝。

百转千回，浪平舟疾，东下吴楚。美人顾盼，倩谁是，今世神仙伴侣？待何日、窗前漫步，月下吟诗，心上愿，从容吐。

二〇一一年十二月二十六日

行香子 赠赵启正

燕赵门庭，江左留名。曾秉政、东海之滨。平生一梦，四海升平。承书香气，英雄胆，报国心。

五洲论剑，东西泛棹，到京都、还数风云。列国才俊，各界精英。吐中华腔，世界语，大国音。

二〇一二年一月四日

西江月 赠高静娟

渤海曾闻大气，辽京又度英年。古来巾帼出豪杰，休论临朝在野。

岁末还来京畿，笑观云水万千。长安道上忆田园，洗尽铅华粉黛。

二〇一二年一月十五日

沁园春

南海涛惊，东溟浪软，西楚云闲。看南来燕子，还衔柳絮，北飞鸿鹄，嘹唳长天。冬去春来，夏秋暇日，迢递难逢两下猜。西窗上，有无端风月，总教徘徊。　佳人常在天边，空怅望、中宵犹未眠。正吴歌唱晚，箫声凄切；东山月上，松舞阶前。爽籁无音，风如琴瑟，无语三更绕小园。伶仃夜，想红颜知己，楚楚谁怜？

二〇一二年二月五日

永遇乐

赠袁雪山

司马文章，仓颉文字，羲之书法。山鬼夜哭，天能雨粟，一笔千年划。投壶孔孟，书存六艺，行草自追前圣。唤毛锥、神驱意走，岂在竖撇横捺！　江湖久历，天涯行处，望断五洲云雨。笔法三希，力浸纸背，金瘦小天下。人生如梦，蝴蝶飞舞，千载无非一瞬。鹅池里、皎然明月，嫦娥舞罢。

二〇一二年二月十八日

沁园春

赠李游宇

誉满中华，闻名世界，海上名家。创汉光瓷器，其来有自；蟾宫折桂，独步天涯。大象无声，托胎有意，五色难描是释迦。叹尤物、恬玲珑剔透，造化堪嗟。　奉贤幸有贤达，豪情纵、大师亦大侠。取太君炉焰，烧成瑰宝；女娲彩石，炼就精华。天上风云，人间烟景，妙手拈来举世讶。闲吟处，有佳人相伴，美玉无瑕。

二〇一二年二月十九日

沁园春　赠黄阿忠

游艺丹青，挥洒文字，啸傲江皋（皋，水边高地。）。岂名闻沪上，云栖黄浦，寄情山水，气盖同僚。心慕庄周，文追孔孟，偶涉禅宗画品高。酒席上，纵千杯不醉，一笑逍遥。

崇明万顷波涛，斯人在、诗情雅意豪。享业中高誉，羚羊挂角；艺坛金玉，风起沙淘。逐鹿千年，光阴万载，无愧今生走一遭。尺方地，绘胸间万象，云水滔滔！

二〇一二年二月十九日

西江月　赠王祥富

年少豪情万丈，壮年远去他乡。岭南塞北竞短长，信是风流倜傥。性秉北人刚烈，为人义胆侠肠。京都一去北风狂，见惯浮云消涨。

二〇一二年二月二十二日

鹊桥仙

平明飞雨，晚来滴漏，斗室全家还住。危房待拆喜还忧，拆迁后、又归何处？

外环之外，无垠乡野，本是我辈归宿。上班不免路迢迢，星月里、但迎朝暮。

二〇一二年二月二十八日

最高楼　赠王志雄

江左地，有九曲山溪，人物也风流。碧波万顷连云去，高山千仞势还雄。到江头，临远目，水悠悠。

忆壮岁、负平生剑气，向沪渎、

北窗续

欲将鹏翼展。固曾料、运难逢。且从奇正谋一饭，落花流水也无愁。志休言，谋未划，晚登楼。

二〇一二年三月六日

相思引

赠周家伦

余此生，学不足道，官不足道，商不足道，文不足道；其可道者，幸逢天下高士而为挚友也。彷徨而蒙指迷，无为而获开示，顽石而得点拨，微劳而致谬奖，非止一二；而循循善诱、导我迷津、沐我春风者，家伦兄也！

惭愧仁兄慷慨评，此生还幸有知音。彷徨歧路，高士幸指迷。慧眼识珠植桃李，胸中吞吐是风云。一腔热血，总向后学倾！

二〇一二年四月十四日

水调歌头

赠邵敏华

性凛锋似剑，文健笔如刀。折冲樽俎，江东常颂令名高。腹里文章万卷，四座皆惊谈吐，啸傲气冲霄。湖海豪情在，论世似萧曹。

道肠柔，雄心壮，胆气豪。纵横沪上，俊逸风雅自高标。堪笑功名富贵，不过晞珠而已，何必苦辛劳！醉眼觑风月，闲看浦江潮。

二〇一二年四月十六日

水调歌头

壬辰春夜，陪客晚归。读辛弃疾词：「人似秋鸿无定住，事如

飞弹须圆熟。笑君侯、陪酒又陪歌，阳春曲」，不觉莞尔，遂填此阕。

古今官多累，陪酒亦陪歌。方知陶令，挂冠一去且因何。哪管德才高下，只论官阶大小，送驾又迎车。何如南山去，溪畔濯清波。

钓溪水，卧松下，啸长风。春宵梦觉，岭上杜宇唤春播。桃李无声凋谢，难怪人生易老，乐少恼烦多。且向花前醉，岁月去如梭。

二〇一二年五月十七日

沁园春

赠敏华兄

俯首观鱼，抬头望月，云淡风清。待挂帆归去，肩荷斗笠，手持钓竿，身罩蓑衣。菊赏东篱，抚琴松下，茅舍蓬门访客稀。层峦秀，舞

北窗续

林涛万壑，深涧泉鸣。　此生归老东溟，荷锄罢、陇亩力自耘。效山中樵叟，藐它富贵，渔人长啸，醉卧江滨。世事纷纭，管它作甚，逐利追名骨太轻。评善恶，有世间百姓，天地良心。

二〇一二年五月二十七日

沁园春

致敏华兄

五月三十一日，余驱车于福厦道上，接敏华兄短信，诉田园之想、林泉之思。时满目青山，清溪蜿转，南国天阔，东海云低，使人油然而生渔樵之念。

耦耕南山，赏菊东篱，垂钓西溪。有知音相伴，谁知其乐？高山流水，云阔天低。鸟啼花丛，鱼游濠上，睹此人生可忘机。逍遥趣，效僧游南海，鲲戏东溟。　与兄同醉乡情，忆年少、曾经陇亩行。道战天斗地，无非自大，山呼万岁，不免留讥。天下为公，民为父母，休忘人心不可欺。今去也，似归根落叶，倦鸟投林。

二〇一二年五月三十一日

永遇乐

致友人

席上珍肴，杯中佳酿，满座知友。宦海风狂，诡谲商道，窈窕情难久。人生故事，悲欢几度，且问别来无恙？到三更、无眠灯火，犹伴美人歌舞。　江南游子，东溟倦客，幸有诗书相伴。知己叮咛，家人相劝，当戒烟与酒。富贵浮云，功名两忘，自古皆求多寿。纵人瑞，无非百岁，谁能不朽！

二〇一二年五月三十一日

西江月　赠黄坚敏

少小鹿城出道，青春世上拼搏。东西南北任遨游，天下遍交挚友。
踏遍三山五岳，五湖四海泛舟。温州豪杰自风流，雅意浓情似酒。

二〇一二年七月一日

水调歌头　赠陈兵、骏伟

今日诸兄弟，共聚俏江南。相逢一醉，栏杆拍遍在江滩。滚滚长江东去，不见孤帆远影，知己几时还？川菜多辛辣，泪下味觉残。
将进酒，千杯尽，解忧烦。人间甘苦，必待尝尽始知欢。莫道前尘难料，经济高开低走，福祸自相关。熬过寒冬后，满目是青山！

二〇一二年七月四日

永遇乐　赠张靖华

济世悬壶，杏林高手，江淮豪士。夫妇拼搏，精研药理，生态除痘痣。中医家世，传承父子，一代须超一代。看今日、同行共羡，众仰大家行止。
除恙去病，护肤健体，来此尽驱烦恼。月里嫦娥，天庭玉兔（张靖华是国内著名皮肤病专家，研发出数十个特效中医产品，属兔；而夫人共同创业，且为护肤品广告中人，故以嫦娥玉兔喻之。）相伴惜缘份。浮华世界，谁承传统，数典且休忘祖。中医术、传人有此，必光后世！

二〇一二年七月五日

满庭芳

中国古代四大美人，虽有沉鱼落雁之容，闭花羞月之貌，倾国倾城之姿，其实都是政治人物。西子浣纱，其美难状，鱼见而沉，承担了兴越灭吴的使命；昭君出塞，其丽难匹，雁惊而落，挑起了汉蒙和亲的重担；貂蝉拜月，美胜天人，月惭而隐，竟是连环计的主角；而玉环赏花，花愧不如，羞而自闭，也不免成为马嵬坡前的祭品。今度「满庭芳」四阕以吊之。

咏西子

吴越春秋，决乎成败，谁知竟是西施。浣纱溪上，鱼见也羞沉。载向吴王宫里，方一见、失魄夺魂。春宵度、英雄气短，御帐掩烟尘。待笙歌舞罢，龙楼凤阙，蓦地黄昏。早诛尽、股肱良将贤臣。长叹王朝更替，还须借、天姿红粉。千年后，民间犹唱，乱世佳人。

咏貂蝉

王允存心，董卓有意，奉先（吕布）兀地乖张。连环妙计，身诱虎与狼。耿耿痴心谁诉，空拜月、云掩清光。浑无奈，红颜薄命，世乱更凄惶。纵深明大义，兴刘存汉，徒自神伤。叹国运、西风古道残阳。莫问此身谁主，辜负了、国色天香。方诛罢、枭雄悍将，无语上佛堂。

咏昭君

有貌无金，画师衔恨，昭君还去番邦。纵杀延寿，憾与路孰长？别了秦关汉塞，朔风劲、径去他乡。琵琶里，年年秋水，犹照雁南翔。纵风华绝代，艳惊雁落，难诉凄凉。漫赢得、长城烽火不张。剩有和亲故事，并青冢、千古传扬。争胜似、昭阳宫内，人老待珠黄。

咏玉环

据《杨太真外传》载：杨贵妃既能歌善舞，且能赋诗。《全唐诗》收其「赠张云容舞」云：罗袖动香香不已，红蕖袅袅秋烟里。轻云岭上乍摇风，嫩柳池边初拂水。贵妃死后，玄宗入蜀，行至斜谷口，属霖雨涉旬，于栈道雨中闻铃声，隔山相应。既悼念贵妃，因采其声为雨霖铃曲。

佳丽三千，六宫粉黛，明皇独宠杨妃。千娇百媚，霓裳舞千回。一自华清出浴，君恩厚、三姊皆随。长安道、红尘滚滚，道是荔枝来。开元天宝事，如今犹记，夺命马嵬。埋香骨、羞花空见花飞。漫道大唐盛世，都毁在罗袖红蕖。闻鼙鼓，梧桐夜雨，犹自霖铃。

二〇一二年七月六日

千年调

风热夏来时，故土春光老。客邸愁肠谁诉？美人芳草。清宵晓梦，落寞孤床小。中天月，照无眠，催起早。

当年任性，一众皆称好。岂料合人利用，事后方晓。青春岁月，自是欠老到。迄晚年，笑狡兔，三窟少。

二〇一二年七月七日

赠谢春彦

挥笔墨丹青著诗撰文臧否人物啸傲江湖不愧齐鲁真名士；

任海上骚人山中墨客世上王公凡依风雅皆知沪上有斯人。

赠黄大森

有英雄肝胆文人才气侠士豪情袖里藏三尺剑惜哉不遇今日休作下僚看；

嗟黄钟毁弃瓦釜雷鸣金石堕地腹中隐万卷书还期脱颖异时必以高士闻。

赠邵敏华（敏华兄早年书斋名「无庐斋」。）

敏而好学华美自见每将强项傲朱门折冲樽俎谈惊四座风雅不让季札出口成章过目成诵昔日无庐斋里韦编三绝读书何止破万卷；

琴心剑胆冲天豪气何曾铁骨阿权贵融汇古今藏否人物器识堪匹春申学富五车才高八斗今也翰苑墨海鞭挞五蠹笔下常驱百万兵。